Motănelul Moft
&
Micuțul A

Motănelul Moft

Motănelul Moft e regele incontestabil al spectacolului de la fermă . Vesel și jucăuș e prietenul adorat de toti. În curtea mare, plină de verdeață și flori, se zbenguie neobosit cât e ziua de lungă. E mic și alb ca spuma laptelui, așa că, la prima vedere,pare un bulgăre de zăpadă uitat de iarnă în mijlocul verii. Locul său preferat e colțul grădinii, sub bolta crengilor largi și răsfirate ale unor nuci bătrâni,pe covorul moale de iarbă deasă. Aici, razele soarelui se joacă, îmbrățișând totul în calea lor, iar Moft se lasă răsfățat, ore in șir ,de mângâierea lor dulce și caldă.

Dimineața, când soarele abia răsare și mângâie ușor frunzele, Moft iese leneș din așternutul său , înconjurat de parfum de flori și cântecul păsărilor. Se întinde cu grație, ca un acrobat, și, dintr-o dată, începe să se învârtă în cerc, urmărindu-și

coada uneori minute în șir. Alteori se joacă cu umbra sa crezând că-i un alt pisoi prietenos si năzdrăvan ca el.

 Gâștele bătrânele, care de obicei nu se lasă impresionate de nimic, îl privsc amuzate din colțul lor liniștit, șușotind între ele :
"Iată-l din nou pe Moft cu ale lui năzbâtii!"
 Cu lăbuțele lui delicate, ce par mai degrabă niște fulgi de păpădie plutind în aer, Moft face salturi spectaculoase asemeni unui acrobat care își arată măiestria în mijlocul unui public tăcut . Pare că nu calcă pe pământ, ci zboară ușor, asemeni unui fluture jucăuș care se desfată în aerul dulce al verii, după care atinge pământul cu o grație nemaivăzută . Chiar și când soarele apune Moft nu se oprește : face salturi ,se târăște, prin iarba catifelată, ca un cercetaș neobosit și apoi plin de energie aleargă încoace si încolo. Când roua scaldă pământul pășește ușor, ca și cum se teme că iarba e prea fragilă pentru a-i susține trupul.

Iarba foșnește ușor sub lăbuțele lui , dar nu se plânge, pentru că vântul se joacă cu el saltându-l înainte cu blândețe, abia atingându-i vârfurile.

Însă pe, zi ce trece, Moft e tot mai capricios,deși e adorat de toți . Îl ofensează orice lucru mărunt, nu-i mai place nimic și nimeni nu-i mai intră în voie.

Zilele trecute ,dorind să-și facă cunoscută nemulțumirea tuturor ,s - a urcat în nucul din fundul grădinii urcând tot mai sus, până la o crenguță subțire și uscată, care se legăna ușor în bătaia vântului.

 Curtea întreagă îl privea cu sufletul la gură, speriată că pisoiul ar putea cădea.O panică generală cuprinse toată suflarea. Toti erau agitați,nimeni nu-și mai găsea liniștea. De la un capăt la altul al curții nu se vorbea decat despre ideea năstrușnică a lui Moft de a se cătăra in nucul bătran cu crengi uscate, 'și nu oriunde ci pe creanga cea mai de sus'.

Rața, care se temea de orice înălțime mai mare de câțiva pași, și-a pus imediat aripa la ochi, tremurând ; nu vrea să leșine. A uitat sărurile in coteț, iar rățoiul e prea lent pentru a i le aduce la timp.

-Dă-te jos, Moft! striga ea cu o voce înecată de emoție. Nici nu pot să mă uit la tine!

Moft refuza categoric:

-Nu mă dau. Aici sus voi sta toată viața, la noapte, mâine și poimâine! Sunt ignorat de toți, nimeni nu mă mai iubește de când a venit căldura. E o nedreptate!
Calul din curte, un murg puternic, care trăgea la plug toată ziua, auzind aceste cuvinte, nu a mai putut răbda și necheză imitând vocea stăpânei:

-"Moft încolo, Moft încoace!" se strâmba sub privirea tuturor. Tu nedreptățit? Nu faci nimic toată ziua și te bucuri de dragostea tuturor. Eu hămălesc cât e ziua de lungă și nimeni nu mă privește cu atât de multă duioșie ca pe tine.

Eu nu primesc nici o mângâiere , în timp ce pisicuta aceea alintată,spuse privind de jur imprejur, primeste sărutări și imbrătișări. Ce lume e asta? mormăi calul,oprindu-se să-și tragă răsuflarea.

-Ești un ...,ești un măr, asta esti , răspunse Moft supărat,evitând să vorbească necuviincios și să intre in conflict cu cel mai voinic din curte, care îl apără adesea în neîntelegerile cu catelusul Marc.

-Coboară, te rog, implora cu vocea răgușită, Marc, nu ne mai ține cu sufletul la gură.

-Nu vreau, se încăpățână Moft. Ție ce-ți pasă, ai lătrat de două ori și toată lumea e cu ochii pe tine. Dar eu pot să miaun până nu mai pot.

-Ce tot inventezi ? Tu miauni fără rost : când te alinți ,când te joci, când vrei mângâiat,cine te mai înțeleage? Eu însă strig ori de câte ori o primejdie se abate asupra curții. Când e gerul cel mare și tu

stai după sobă, eu alerg de colo - colo prin toată ograda. Eu chiar am ceva de spus: ''Nu îndrazni, este teritoriul meu!''

-Ești..., ești ...o pară, strigă Moft rănit in amorul propriu,dar hotarat să continue pe calea diplomației. 'E de dorit să fii în relații bune cu vecinii!',din câte a auzit.

Ziua a trecut, soarele se grăbește la culcare iar pisoiul cel răsfățat e încă în nuc și se tot plânge.

Moft refuză să coboare din copac si pace , iar animalele din curte încep să fie tot mai îngrijorate .Doar Cacao, vaca tărcată, rumegă liniștită sub un măr plin de fructe aurii. Cu o voce leneșă, se uită în sus și mugi:

- E timpul să cobori, Moft. De azi dimineață, toată lumea e cu ochii pe tine, ce altă atenție mai vrei?

Pisoiul își puse lăbuțele albe la ochi, profund rănit:

-Uricioasă bătrână! mormăi el supărat, fiind de prisos orice asemanare cu un fruct parfumat.

Plictisite de agitația din ultimul timp și

sătule de zarvă,două gâște tinere s-au hotărât că nu mai pot sta neglijate. S - au aranjat, cum știu ele mai bine și au plecat la braț în vecini. Din primăvară încoace, văd zilnic prin scândurile de la gard doi gânsaci tineri și arătoși. Decât să rămână gâște bătrâne, mai bine să ia ele inițiativa! Atentă din fire, la tot ce se petrece în jurul ei, Moțata, găina ,ce se poartă tot timpul gătită foc, fuge de sub cireșul de lângă casă, să le ajungă din urmă.

-Stați fetelor, cotcodăci cuviincios găina., nu plecați fără mine, vă rog! Vin și eu, poate găsesc un cocoș de soi!
Toate acestea ar fi trecut neobservate de întreaga curte, ce era cu ochii pe Moft, dacă cocoșul Urie nu și - ar fi păstrat bunele obiceiuri. Cocoțat pe un morman de bălegar, părea să fie absent, dar în realitate scruta atent fiecare mișcare. Cu penele lui lucioase și pieptul bombat, Urie se considera un strateg. Scurma cu ghearele, căuta cu ciocul, dar ochii îi luceau ca mărgelele.

"Două sub șopron, trei sub vie, trei plimbă puișorii și una e cu mine. Pe cea de-a zecea însă, o tot urmăresc de câteva zile. E drept că - i mai sensibilă, mai simțitoare, mai elegantă ca toate la un loc, dar tot a mea e. 'Urie nu se pricepe la polițeturi', spune ea. Ok, de acord. Dar e suficient să o măgulești pe una că după aceea vor toate.Nu sunt eu cocoșul?
Nu cânt eu la miezul nopții și la ivirea zorilor ?''
   Dintr-o dată, țanțoș, cocoșul o luă pe urmele Moțatei. Nu trecu găina doi pași în afara porții că o și ajunse din urmă, amenințător.
''Cum îndrăznește Moțata să plece fără permisiunea mea? ''se întrebă, în sinea lui.
   -Ce gaină bolnavă la ficat vrea să se mărite? tună el, zornăind în urma ei.
Nu termină bine dojana că se si repezi cu ciocul spre creasta ei. Stânjenită de privirile celor din jur, găina o lua la fugă. Urie după ea. Știa că Moțata nu - i bolnavă, ba dimpotrivă era cea mai tânără și cea

mai ageră din curte. Însă un lucru e sigur :
veștile circulă repede și aici. Odată
știrbită reputația ei de găină, cine o mai ia
de soață ?

 "Sunt un adevărat strateg" gândi cocoșul
și se umflă în pene de gândeai că-i un
curcan.

Cunoscându-i năravul și proasta educație ,
găina înțelese imediat ce-o paște: câteva
ciocuri peste creastă. Fără să mai stea pe
ganduri,sări în nuc.

   "În ultima vreme a făcut burtă și nu va
putea sări după mine, plănui găina. Subțire
și sveltă cum sunt, din câteva sărituri sunt
în vârf '', își spuse privind în fereastra
casei silueta de care era mândră.

Dar, în ciuda burții lui mari și greoaie,
Urie nu s-a dat bătut. Din creangă în
creangă, iată-i pe amândoi în vârf. Mai
bine zis, pe toți trei ; ați ghicit, pe creanga
pe care era și Moft.

Tocmai când să dea lecții de moralitate,
crenguța subțire pe care se sprijineau a
făcut un zgomot înspăimântător : „POC!”

Rața leșină pe loc. Marc își acoperi capul
cu lăbuța. Calul încremeni cu iarba în gură
iar gâștelor tinere le pieri pofta de măritat.
Cu broboadele sub aripi alergau
înnebunite spre casă. Numai Cacao
rumega insensibilă și absentă.
''Miau- miorlau, cotcodac, 'cucurigu'', e tot
ce se auzea. Ușurică, cum era, Moțata dădu
de câteva ori din aripi și ateriză în ograda
vecină. Pe Urie, burta îl cam trăgea in jos,
însă zburătoare prin naștere, plescăia din
aripi, încercând în ultima clipă o aterizare
demnă de originile sale. Reuși o aterizare
forțată... Doar bietul motănel se
rostogolea... , și se tot rostogolea printre
crengi, asemeni unei mingi. Încercă,
disperat, să se prindă în cădere cu lăbuțele
de ceva. Dar era mult prea neexperimentat,
în ce privește zborul.
 Iată - l jos.
Doar liniște.
Îngroziți, toți fugeau spre nuc.
''Ce o fi cu bietul Moft?'' întrebau toți

-Ce e, ce mă priviți așa? Pot avea și eu puțin privacy ? Lăsați - mă să dorm! spuse alene Norișor.

 Obosită din fire și lipsită de îndeletniciri, oaia se întoarse pe partea cealaltă.

Din blana moale și încâlcită se ivi un cap mic și alb. Era Moft , speriat dar credem noi, mai puțin mofturos.

Despre găină nu știm nimic până azi . Să fi aterizat in grădina cu pricina, spre care tocmai plecase?

Micuțul A

1

Într-o grădină plină de flori colorate, flori care vorbesc o limbă străveche și fluturi ce dansează cu vântul trăiește o furnicuță cu ochi sclipitori, foarte curioasă. Este cea mai mică din tot furnicarul. Are o carapace lucioasă ca un bob de piper, și picioare agile, subțiri și lungi, asemenea aripilor unei libelule, cu care se cațără pe frunze și tulpini. Într-o dimineață caldă de vară, la ora când soarele sărută frunzele,furnicuța noastră a auzit o voce misterioasă. Era aventura care o chema.Cu siguranță cunoasteți și voi strigătul insistent al aventurii și cât de greu e să-l ignori.

„Vreau să explorez lumea,să văd ce e dincolo", și-a spus ea. „Să descopăr noi parfumuri, să întâlnesc creaturi minunate."

Își aruncă în grabă rucsacul pe spate – un bob de grâu – și porni la drum. A traversat mai întâi pădurea de iarbă verde, a navigat pe oceanul de rouă, strălucitor ca un cer înstelat, și a urcat pe muntele de pământ din grădina bunicii pe care lopata bunicului o ridicase cu grijă, în colțul grădinii , printre flori cu miresme îmbietoare și legume viu colorate.

Decisă să-și continue aventura, visa să cucerească ghiveciul cu mușcate de pe pervaz... Dar, spre surprinderea ei, mușcatele dispăruseră! Privește uimită în jur. Ar vrea să se întoarcă. Să nu mai recunoască oare drumul catre casă? Imposibil. Nu înțelege nimic din ce îi spun florile, dispuse să o ajute.

Un băiațel zglobiu însa a zărit-o pentru o clipă, alergând grăbită pe trotuar. O luase deja în palmă, atent să nu o strivească și o aseză pe o frunză . Privind corpul ei minuscul, exclamă plin de uimire:
– Oau,e strălucitor ca o fărâmă de chihlimbar! Ce picioare subțiri și puternice!

Cară greutăți mai mari decât ea și totuși nu se rup. Iar antenele... sunt minunate! ''Cu ele miros, pipăi și comunic cu suratele mele.'' dar băiatul nu o auzi.

- Vreau să fiu ca tine, șopti băiatul, imaginându-și două antene lungi răsărind din creștetul capului, de-o parte și de alta, prin părul lui auriu.

Văzând că nu are cum să scape, gingașa creatură spuse:

- Ți-aș fi tare recunoscătoare dacă m-ai ajuta să găsesc drumul spre casă. Trebuie să mă întorc până la lăsatul serii. Ajută-mă, te rog!

- Cine a vorbit? strigă băiatul speriat, sărind un pas înapoi ca aruncat dintr-o praștie.

- Eu. ia-mă în palmă!

Băiatul își coborî privirea înfricoșat din cireșul din fața sa, asupra micuței creaturi vorbitoare.

- M-ai speriat rău de tot. Nu știam că furnicile vorbesc.

- Scuze, nu aș fi făcut-o dacă nu m-ai fi

oprit din călătoria mea. Numele meu este Hob.

-Eu ma numesc...

Dar când să-și facă cunoscut numele Hob i-o reteză scurt:

 -Știu, te numești A.

 -A? Ce-ți trecu prin căpușorul ăsta mic de furnică?,, A'' nu e un nume. Numele meu nici nu începe cu A.

 -Ba da, tu ești A, știu eu mai bine. Nu vezi? Încă nu stii că și furnicile vorbesc.

 -Bine,spune-mi cum vrei,

-Alfabetul nostru are multe litere, iar una dintre ele este Hob. Nu, nu te grăbi, nu se scrie un crezi tu, strigă furnica, curmând imediat entuziasmul cu care A începu să scrie pe pământ cu un bețișor numele noului său prieten. Oprește-te! Nu sunt literele pe care le -ai învățat.

-Nu...,dar cum?

-Uite așa. Și lăsă o dâră neagră, ca și ochii săi , care înfățișa un semn tare ciudat ce nu semăna cu nimic din ce stia sau văzuse el .

Asta e litera o mie unu din alfabetul furnicesc.

-Tu știi să scrii? întrebă A rușinat la gândul că se credea erou cu nici treizeci de litere învățate. Ei bine, continuă Micuțul A încurcat, vorbeai ceva de poporul tău. Te rog, îndeplinește-mi și mie o dorință!
-Ce dorință?
-Lasă- mă să locuiesc cu tine câteva zile. Mi-ar plăcea tare mult să te cunosc pe tine și ai tăi.
-Ești binevenit, dar pentru a intra în casele noastre va trebui să fii asemeni nouă: un băiețel cât o furnică.
_-Ce trebuie să fac? Spune -mi, repede!
-Pune o picătură de rouă in palmă peste cerneala cu care voi scrie numele și închide pumnul cu putere.

Imediat, după ce picătura neagra dispăru in pumnul micuț, A se făcu mic,tot mai mic, încât strigă:
-Hob, dă-te repede jos că-mi rupi mâna! Nu vezi ce greu te-ai făcut?
Hob nu mai este nici pe departe furnicuța pe care abia o zăreai prin iarbă. E o furnică mare,cu antene lungi și picioare puternice.

-Bine ai venit în lumea furnicilor!

Cei doi prieteni porniră la drum, tic-tac tic-tac, hotărâți să ajungă până la apusul soarelui. Fluturii, cu al lor „frrr frrr", coborau tot mai amenințător, iar Micuțul A se aruncă speriat sub o frunză , strigând:
-Atenție, elicopterele inamicului... ne vor strivi! Smuncitura lui A îl făcu pe Hob să se rostogolească de câteva ori .

- Lumea voastră nu e deloc prietenoasă, continuă A, ștergându-și transpirația de pe frunte.
 - Dimpotrivă, A, suntem în siguranță. Fluturii se bucură că esti aici. Nu vroiau decât să te salute.E drept ,uneori sunt cam plini de ei, se cred grozavi cu zgomotul aripilor lor, dar sunt mândria lor si vroiau să te facă să simți asta.
-M-am speriat grozav Hob.
-Nici nu observasem, șopti ironic furnica indepărtând cu grijă praful de pe antene.
-Te-am auziiit....,spuse zambind A.
Povestește-mi ,ce faceți voi cât e ziua de

lungă? întreabă baiatul, privind cu uimire în jur.

- Muncim, desigur!,stii doar că e proverbială hărnicia furnicilor. Construim tuneluri, adunăm mâncare, ne îngrijim de regină.

-Oau , câte lucruri faceti! Am o mare curiozitate Hob: cum comunicați cu ajutorul antenelor? întrebă A, fascinat .

-Transmitem mesaje. Este...,cum să-ți spun? Ca și cum am vorbi prin telefon, dar mult mai rapid și mai eficient.

-Fantastic,abia aștept să descopăr lumea voastră! Și mâncarea? Cum o găsiți?

-Avem simțuri foarte dezvoltate. O mirosim de la distanță și ne organizăm pentru a o aduce în furnicar.

-De la distanță? Dar ce mâncați atât de parfumat că miroase din satul vecin?

- Cam orice. Semințe, frunze...

- Frunze parfumate, semințe aromate..o adevărată sărbătoare pentru nas!, se miră Micuțul A.

Îți place mierea?

- Mmmm, foarte mult!

- Te voi duce la un pom cu afide. Ele produc o substanță dulce pe care noi o adorăm. Este mierea noastră.

- Minunat! Cum ajungem acolo?

- Urcăm pe tulpini, ne cățărăm pe frunze... o adevărată aventură!

-Ador aventura.

- Uf, ce greu e. Mergi mai încet. Firele astea de iarbă îmi brăzdează fața. Unele sunt atât de puternice că abia le înving. Și când mă gândesc că mai devreme le smulgeam smocuri!

-Spunea, cumva, cineva că adoră aventura sau mi s-a părut mie?,glumi Hob,ironic. Până acasă avem mult de mers și ne prinde seara pe drum dacă nu grăbești pasul.

-Seara? E abia dimineață, nu e nici măcar amiază. Unde e casa voastră, în China?

-Nu chiar, dar e departe , foarte departe. Când ajungem pe tulpina aceea de cicoare ți-o arăt.

-Hai, dă-mi mâna. Trebuie să ajungem sus,altfel nu poți vedea casa. Vezi cireșul

din fața noastră?Acolo trebuie să mergem.
-Hob, ajută- mă, amețesc când mă uit în jos.De când cicorile au devenit arbori?
-Te țin eu,stai liniștit. Acum vezi cireșul acela uriaș? Trebuie să ajungem la el până apune soarele
-Cireșul,ce mare lucru; în câteva clipe sunt lângă el! spuse mândru băiețelul.Ridicând însă ochii nu-i veni să creadă. Cine să-l fi mutat de locul său? Acum era atât de departe că nici cu bicicleta lui cea roșie nu ar ajunge cu mult înainte de lăsatul serii.
    -Nu știi să fii furnică,adevărul ăsta e. Vei învăța,vei învăța...Nu degeaba te cheamă A. E timpul să plecăm,Micuțule A.

Hob avea dreptate,drumul era lung și anevoios . Abia spre seară, târziu,când soarele îmbrățișa deja dealurile liliachii, iată-i pe cei doi ajunși la poarta împărăției furnicilor. Obosit, flămând,dar foarte bucuros aștepta cu nerăbdare să li se deschidă
Două furnici ce priveau de sus,cercetând

cu atenție împrejurimile, au deschis poarta mare și grea.

- Avem un oaspete, Micuțul A. L -am cunoscut azi dimineață. Vrea să petreacă cu noi câteva zile.

 Bucuroase, gazdele l -au condus spre casa de oaspeți. Zeci de furnici au început imediat să-i fie de ajutor.

 "Așa deci,gândi A, când ai oaspeți trebuie să faci tot ce poti după puterile tale. Care va să zică nu e doar o treabă a celor mari, dacă o furnică atât de mică aleargă încoace și încolo."

 -Masa e servită!

 Invitația ce venea de undeva nu prea departe îl făcu să tresară risipindu-i gândurile.

Mici și mari, ordonați ca niște soldați, toți se îndreptau spre imensa sală a tronului.Chelnierii defilau, în fata reginei Fufi,cu meniul zilei, îndreptându-se ordonat pe fiecare rând de meseni în fundul salii.Câtă ordine,câtă disciplina!

 "Doar atât: 'masa e servită ' și fiecare își

ocupă imediat locul! E mare lucru să fii furnică!"

 Nimeni nu făcea capricii , nimeni nu dorea doar desertul. Mâncau, râdeau, copii povesteau întâmplările de peste zi , părinții îi ascultau cu atenție . Toti erau fericiți.

   -E minunat să fiu furnică, strigă bucuros micuțul A.

   -De ce îți place, întrebă Hob?

   -Pentru că ador povestirile, imi place să vorbesc. Am atâtea de spus! Dar cui dacă sunt mereu ocupați? șopti din ce în ce mai încet Micuțul A, framântându- și pumnii.

   -Oamenii mari încă nu știu că doar comunicând ,familia ramâne unită? Cum să ne cunoaștem mai bine dacă nu comunicăm, cum să ne apropiem mai mult? , întrebă nedumeriă fetița - furnică din fața lui.

   -Noi copii avem multe temeri,interveni o alta, și vrem să vorbim. Abia așteptăm să fim cu părinții noștri. O furnicuța ca mine asta vrea.

   -Așa este, ne plac mult discuțiile de la

cină,ne dau putere pentru a doua zi, întări cea de alături.

-Și multă siguranță,se auzi glasul plăpând al fratiorului lui Hob.

2

Oboseala îi amorți întregul trup, țintuindu-l in salteaua moale de mușchi verde, gândurile însă erau imposibil de priponit. Bucuria, încă neînțeleasă,a furnicilor ce au exultat când au auzit că vor avea oaspeți încă îi stăpânea mintea. Nici nu-l cunoșteau...Ce putea să le bucure atât de mult?

Ziua următoare a fost specială; ar fi vrut să nu se mai termine niciodată.

-Astăzi vom merge într-o misiune foarte importantă.

-Cercetașul nostru a aflat că un prieten vechi are nevoie de ajutor. Cetatea tribului PAC este in mare pericol,se sufocă, iar micuții sugari nu mai au lapte.Comandantul Buz prezentă planul de acțiune tuturor,în cele mai mici detalii. Mici și mari înzestrați cu fierăstraie, foarfece, mături și pânze de șters praful asteptau semnalul de plecare.

Magazia devenise neîncăpătoare și forfota dinăuntru îi asurzea urechile. Zgomotul intens plutea în aer ca un strigăt triumfător al naturii, o forță care îl făcea să se simtă parte a acestei familii.

-Trebuie să ne grăbim, altfel numele tribului PAC va fi șters dintre noi. In aplauze și urale, întreaga oștire îl urmă pe Fifi .

 Micuțul A, însă,nu înțelegea nimic: tribul PAC, pericol,sugari. Toate acestea mai erau cum mai erau, dar de vaci care să hrănească furnici chiar nu auzise.

"E uimitor câte lucruri neștiute aud aici pentru prima dată. Pe bună dreptate mă cheamă A". Și pentru prima dată privi cu mândrie noul său nume.

 Tot drumul își imagină în tot felul nemaiauzitele alea de vaci: ba cu coada scurtă ca de iepuraș, ba asemenea vacilor istorisite de singuraticul Rex. Nu se putea hotărâ nicicum în ce privește aspectul lor.

 Întreaga suflare se opri brusc la picioarele unui copac uriaș. PAC nu era prea departe

din câte pare.

- Deschideți porțile, porunci cercetașul tribului PAC, aflat în turnul de control. Vecinii și prietenii noștri,tribul TIO, au venit să ne ajute.

Imediat cele două porți uriașe s -au deschis larg și micuții Salvapac s -au împrăștiat pe toate ramurile.

-Micuțule A vrei să mă ajuți, îl rugă o fetiță oacheșă. Trebuie să tăiem liana asta sufocantă. Știi să tai cu fierăstrăul, nu? Cum să-i spui unei fete că ții pentru prima dată un astfel de obiect în mână? Sigur pe el , apucă capătul din lemn negru in același fel ca Mora cea oacheșă și începu să îndepărteze dușmanul care amenința,cu îmbrățișarea lui de temut,întreaga cetate. Ceva mai sus, alți soldăței tăiau cu foarfecele mușchiul gros crescut ca o pătură verde. Cu un fel de bici, o furnică neagră ca un cărbune amenința o colonie de omizi.

-Plecați, plecați la casa voastră!
Micuțul A șterse praful de pe toate

frunzele din jurul său,când deodată observă Intr-o gaură găunoasă alți intruși.

 -Aici va ascundeați , credeați că n -o să vă observ. Ieșiți afară invadatorilor, ce sunteți! Și întorcând coada măturii îi alunga plin de zel pe dușmanii proaspăt descoperiți.

 -Stop! Oprește-te, ordonă o voce tânără hotărâtă Nu sunt dușmani. Sunt vacile tribului!

 Micuțul A rămase nemișcat ca o statuie. Asta e prea de tot. Cum să fie, aceste minuscule insecte, vacile tribului?

 -Ele rămân aici, explică un observator al tribului PAC. Nu sunt intruși, asigură hrana și deci continuitatea tribului nostru. Fără ILE nu am fi acum ; hrănesc micutele larve cu laptele lor și nu doar pe bebeluși, ci pe noi toți.

 Tribul TIO era de mult ajuns acasă,iar A încă se gândea zâmbind la trăsnitele acelea de vaci și la câte a învățat aici.

3

Noua misiune încredințată de regină îl făcu să se simtă mândru și important. Tocmai el, abia venit în această lume până mai ieri total necunoscută, să fie remarcat și privilegiat cu cel mai înalt titlu regal! Nu e de ici, de colo, să cuceresti încrederea și simpatia mult prea serioasei regine Fufi.
-''Astăzi, curtea regală îi oferă Micuțului A titlul de 'Explorator', cel mai înalt titlu, pentru merite deosebite și curaj. Va merge în prima sa misiune, însoțit doar de Hob: descoperirea unei noi surse de apă pentru colonie", încheie directorul decretul regal.
-Dar nu știu nimic despre asta, șopti A lui Hob, care era foarte aproape.
-Nici eu nu știu multe, dar vom descoperi amândoi. E doar o altă aventură, nu te preocupa, îl liniști Hob.
  Nici nu se îndepărtaseră bine de poarta

palatului, că A tresări,privind atent spre tovarașul său de aventură.

-Hob, de ce am schimbat direcția? Nu spuneai că mergem doar înainte?, întrebă el cât se poate de curios., când, la o răscruce aproape pustie prietenul său hotărî pe neașteptate să apuce o cărare laterală și cam anevoioasă. A nu se putu abține și continuă:

-De ce ocolim pe aici? Ce-i în neregulă?

-Evităm ambuteiajele.

-Evităm, ce ? spuse incurcat A, incercând să repete fără prea mult succes cuvântul rostit de Hob.

-Traficul, răspunse Hob, făcând un semn cu mâna.

-Dar nu e aproape nimeni! Ce trafic?

-Păi, după buturuga aia mare va fi negreșit , dacă nu respectăm regulile de circulație, explică Hob cu aer serios.

-Reguli de circulație? Dar nu-i niciun semafor măcar! Cum de știi 'Mare H'?, întrebă A, râzând.

- Mă strigi 'Mare H'? Ce amuzant! râse cu poftă Hob.
Ha, ha! Îmi place! Sunt marele tău navigator, căpitanul Hob! Și exploratorii mei cu șase picioare mă țin mereu la curent!
-Exploratori cu șase picioare? Vrei să zici furnica aia?
Exact! E informatoarea mea personală, Anteka, răspunse Hob, făcând cu ochiul. Anteka transmite cele mai interesante știri din lumea insectelor.
-Dar nici nu v-ați salutat, cum a făcut-o?
-Mi-a transmis cu antenele un mesaj secret: ''trafic '', răspunse mândru Hob.
-Înțeleg...,spuse A, deși puțin nedumerit.
Înaintau pe cărările întortocheate, iar Hob privea cu atenție în jur.
-Ce căutăm, de fapt, printre aceste pietre?
-Am găsit! Privește în crăpătura aceasta!
-Ce e? Văd ceva strălucitor, o comoară!, răspunse A, nu foarte convins că era ce trebuie.
E comoara noastră, ai dreptate A, e

picătura de apă pe care o căutăm de ceva timp. Dar nu orice picătură! Ea va salva poporul meu de secetă.

Hob se opri brusc. Simțea că ceva nu era în regulă. Aerul devenise greu, iar umbrele păreau să danseze pe pământ un dans amenințător. Deodată, o umbră mare se mișcă peste ei.

Era un păianjen, cu ochi strălucitori , corp masiv, picioare lungi și păroase. Trupul lucios, acoperit de fire lungi și subțiri, ce se mișcau ușor la fiecare adiere de vânt. era tot mai aproape. Ochii săi roșii ca rubinele sclipeau ingrozitor în lumină , iar din colții săi puternici picura o substanță lipicioasă, gata să prindă prada. Aruncă cu o rapiditate nemaivazută o pânză imensă deasupra lor, perfect întinsă peste crengile joase de musetel.

-A! șopti Hob, privindu-l pe prietenul său cu ochii mari..Ascunde-te! E Zigzag , uriașul păianjenilor!

 Zigzag se pregălea să sară asupra lor. Deși mic, A nu-și pierduse curajul cu care

lupta cu păianjenii ce se adăposteau în hambarul bunicului. Prinse o bucată de frunză și începu să taie pânza din jurul său.

Fascinat de frunza care se mișca cu atâta măiestrie înaintea lui, Zigzag uită complet de Hob si de plasa sa ce o credea invizibilă. Sosise momentul perfect! Hob, cu inima bătându-i tare în piept, se apropie de picătura de apă pe care o văzuseră. O apucă cu fălcile sale și, fără să se uite înapoi, fugi spre intrarea în tunelul furnicilor.

 -A! Să fugim! strigă Hob din tunel. Fugi A,fugi.

Fără prea multe calcule și fără să ezite A se strecură cu agilitate printre picioarele uriașului și o luă la fugă după Hob. Cei doi alergau printre frunze și crenguțe, sărind peste pietricele, lăsând astfel pericolul în urmă.

Ajunși în siguranță în tunel, Hob puse picătura de apă pe o piatră netedă, răsuflând ușurată.

Forțându-se din răsputeri, păianjenul reuși să pătrundă cu capul, trăgând după el corpul greoi.

– S-ar părea că nu am reușit. Iau eu picătura de apă. Ia-o înainte și blochează intrarea aceea după ce intru eu.

Hob o întinse la fugă cât îl țineau picioarele. A prinse în grabă picătura de apă în pumni și îl urmă fără să privească înapoi. Hob aruncă de-a curmezișul o tulpină de brusture uscat, dar mult prea devreme, și A se împiedică. Picătura de apă se rostogoli de câteva ori în aer, însă Hob făcu un salt spectaculos și o prinse înainte de a se risipi pe pământ. Amândoi intețiră pasul în direcția indicată de Hob.

Se strecurau cu agilitate prin coridoarele înguste, sărind peste fire de nisip, evitând colțurile înguste cu mișcări bine calculate. Trecură val-vârtej pe lângă depozitele de hrană, lăsând în urmă creșa și încăperea reginei.

Respirațiile scurte și rapide erau acoperite de bătăile puternice ale inimilor. Cu cât se apropiau mai mult de peretele turcoaz, pașii le deveneau mai siguri și mai rapizi, iar emotia îi împingea înainte. În sfârșit, ajunseră la zona secretă, cunoscută doar de Hob.

-Ce mai trudă !, spuse A, odată ajunși în siguranță.
-Poți obține ceva fara trudă A? Nimic, răspunse Hob, turnând apa în rezerva coloniei.

A rămase uimit văzând bazinul plin ochi, emoția sa devenind satisfacție sub ropotele de aplauze ale celor câțiva prezenți. Inima i se umplu de bucurie. O satisfacție deplină îi inunda mintea Simțea o fericire profundă; un sentiment înălțător i se cuibari în suflet. Misiunea lor fusese nu doar o aventură, ci o dovadă de curaj și dăruire.

Vizita lui luase sfârșit. Pregătit să intre din nou în lumea sa, Micuțul A privi la picătura din palmă cu părere de rău. Cireșul deveni iarăși mic,iar râul era din nou la o aruncătură de băț. Unde a dispărut oare drumul acela de o zi pe care îl făcuse spre Țara furnicilor?

- Când sarcina ti-e grea
Privește la furnică
Si vezi povara sa...!

Era o voce caldă și cunoscută, pe care Micuțul A o putea înțelege acum.